Luigi Pirandello

Fuori di chiave

PRELUDIO: ORCHESTRALE

Al violin trillante una sua brava

sonatina d'amor, con sentimento,

il contrabbasso già da tempo dava

non so che strano, rauco ammonimento.

Allora io non sapea, che ne la cava

pancia del mastodontico strumento

si fosse ascosa una mia certa dama

molto magra, senz'occhi, che si chiama?..

come si chiama?

E invano imperioso, nella destra

la bacchetta ora stringo: quella mala

signora è del concerto la maestra.

Da quel suo novo nascondiglio esala

il suo frigido fiato nell'orchestra:

sale di tono ogni strumento o cala,

le corde si rilassano, gli ottoni

s'arrochiscono o mandan certi suoni...

Dio le perdoni!

M'arrabbio, grido, spezzo la bacchetta,

balzo in piedi, m'ajuto con la mano.

La sonata è patetica: dian retta

i violini: piano, piano, piano...

Ma che piano! Di là, la maledetta,

sforza il tempo, rovescia l'uragano!

Da otto nove a due quarti, a otto sei...

Vi prego di pigliarvela con Lei,

signori miei.

DI PARTENZA

Tele di ragno lavorate a maglia

finissima, le vele (o mie discrete

speranze liete!);

l'albero, un grosso e lungo fil di paglia,

che simboleggia il novello ideale

o la fede novella; il sartiame

fatto di trame

di sentimenti, tutto a nodi e a scale;

lo scafo costruito di gusciaglia:

io parto, amici: eccomi pronto. E butto,

senza stare a pensar se poi m'occorra,

ogni zavorra

di fede antica ed ogni inganno, tutto.

Senza bussola e senza àncora vo.

Dove? Imprendo un viaggio di scoperta.

La mèta è incerta.

Ma, chi sa! forse il regno troverò

che da tant'anni cerco senza frutto.

So che, lasciando questo porto, in preda

la nave mia cadrà di tutti i venti

piú violenti;

ed avverrà che forse piú non veda,

né da vicin né da lontano, alcuna spiaggia,

né scorga alcun remoto faro.

Per quanto amaro

però mi sia, convien che la fortuna

tenti e alla smania che mi spinge, io ceda.

Duolmi che se m'avvenga di trovare

alfine il regno, piú non possa io poi

tornare a voi;

che folle è il vento: traccia vie sul mare

e le cancella poi, come gli frulla.

Di partir senza bussola m'è forza;

piú della scorza

a cui m'affido peserebbe, e a nulla

poi gioverebbe pe 'l mio navigare.

RICHIESTA D'UN TENDONE

Voglio un tendone e vi dico perché

M'ero già fatto della terra schiavo;

entrato nell'armento,

per cui la sola verità ch'esista

è l'erba che gli cresce sotto il mento,

da molto tempo il ciel piú non guardavo.

Era, non nego, risparmio di vista;

ma ov'ero giunto? a far con gli altri al re,

nell'ora del passeggio, riverenza;

riverenza alle chiese; alla bandiera

d'ogni fanfara, sul far della sera;

ai vivi, ai morti; ed anche a dir fra me

che – se in dote ebbe l'uom la pazienza –

contentar ci dovessimo del poco

che di goder ci è dato;

che obbedire alle leggi dello Stato

debba ognun, sia grand'uomo o sia dappoco;

ero giunto a scoprir belle contrade

in questa Terra e, tronfio, per le strade

di Roma andavo; e, allo splendor di tante

altre città pensando,

di nuovo orgoglio mi gonfiavo, in bando

l'invidia; ed animali e pietre e piante

con amoroso e lungo studio m'ero

a memoria già messi; e, a provar vero

quanto ha di sé

l'uomo ognor detto – microcosmo e re

della natura –, in degni

versi pensavo, e a rilevare i segni

del suo poter, gl'ingegni

varii, per cui del mondo alfin l'invitto

mister certo sconfitto

sarà: *dictum quam re*

facilius.

Sciagura volle che alla fin, del cielo

(tenendo all'aria il naso

cosí per caso)

rivedessi la vôlta. Un fuoco, un gelo

di vergogna e sgomento, all'improvviso,

mi presero per quelle

mie magnifiche idee, calde nel petto.

Ilari in ciel mi parvero le stelle,

e mi sentii deriso;

sentii che la celeste

vôlta non era per le nostre teste

regali incoronate

quel che si dice un ragionevol tetto.

Zitti, zitti, affrettatevi, tirate

un tendone, un tendon, per carità!

Di portarvi rispetto ho buona volontà;.

potrei fors'anche la nostra grandezza

riconoscere ancor, sul serio; ma –

mi ci vuole il tendone,

a giusta altezza,

e che non sia di velo.

Conditio sine qua

non. Sicut in theatro item in coelo.

INGRESSO

All'ingresso della vita,

timoroso, m'affacciai

da una porta semichiusa.

Vi picchiai sú con due dita,

poi con garbo dimandai:

– «È permesso? Chiedo scusa...

Entro o no?..» – Silenzio.

Spingo allor, pian pian, la porta.

Bujo pesto. Ne sorrido;

ma agghiacciar dentro mi sento.

– «Che la vita sia già morta?»

Vo tentoni; inciampo. un grido,

mi riempie di spavento:

– «Non ci vedi? Canchero!» –

Chi un fiammifero ora sfrega

in quel bujo alla parete?

Ecco lume alfine. Vedo

una vecchia, sconcia strega

chi mi spia; poi fa: – «Chi siete?»

– «Ecco, – le rispondo, – chiedo

scusa dell'incomodo...

Io son un che arriva adesso.

Sarà tardi? Nel viaggio

ho la via forse smarrita...

Ma – potendo – col permesso,

lesto lesto, di passaggio,

visitar vorrei la vita.

Me ne vado subito...» –

– «Ah, tu pur, tu pur d'entrare

nella vita hai voglia? Sciocco!

Che t'aspetti? dimmi un po'...

Non hai dunque altro da fare?»–

Sto a guardar come un allocco

e rispondo: – «Ma... non so...

non so nulla... proprio...» –

– «Eh, si vede! – allor soggiunge

la stregaccia. – Piglia a caso

la tua sorte, e bèn t'occorra!

Pria d'entrare, ognun che giunge,

si fornisce in questo vaso

d'un malanno per zavorra.

Sai l'antica storia

di Promèteo e di Pandora?

Sú, sú, prendi: il vaso è qui.

Io Pandora son; vecchiaja

maledetta! vivo ancora,

e ridotta son cosí

a far qui da portinaja.

Basta. Hai preso? Sbrigati!» –

Affondai la man tremante

in quel cavo enorme, oscuro,

e la sorte mia pescai;

poscia entrai... Ne ho viste tante,

che oramai piú non mi curo

di saper qual male mai

rechi la mia tessera.

LA MÈTA

I.

Una mèta! una mèta! Ma sul ramo

forse da sé la pània in che s'invesca

s'apparecchia l'uccello? o il pesce all'amo

l'esca?

E deve l'uom da sé piantarsi il palo,

sospendervi una fune a un qualche chiodo,

creder quel palo

gloria

donna

fortuna

o non so ch'altro scialo,

perché – conscio – s'impicchi in qualche modo?

2.

Mettiti a camminare,

va' dove il piè ti porta,

piglia la via piú corta

e piú non dimandare.

Andar dove che sia,

nel dubbio della sorte,

andar verso la morte

per un'ignota via:

ecco il destino. E dunque

fa' quel che far si deve.

Procura che sia breve.

Tanto, è lo stesso ovunque.

II

IL PIANETA

1

Gira, gira... Nello spazio

tante trottole. Ci scherza

Dio. Talvolta con la trottola

di man sfuggegli la ferza,

ed in cielo allor si vedono

le comete... – O savio antico,

teco or piú non posso io credere

che la terra l'ombelico

sia del mondo e che s'aggirino

sole ed astri a lei d'attorno

per offrirle uno spettacolo

e far lume notte e giorno.

Se sapessi con che fervido

indefesso acuto zelo

ci siam messi noi medesimi

a scoprirci atomi in cielo!

2.

Ma la Terra, se non bella,

via, non c'è poi tanto male:

dican pure ch'è una stella

d'infim'ordine; che vale?

C'è bei monti, c'è ubertosi

piani, e poi ci sono mari,

se vogliamo, spaziosi...

Forse i viveri son cari.

Città belle, ve ne sono:

per esempio, dove metti

Roma? Vino e vitto buono;

buone donne; buoni letti...

Piú poeti in belli squarci

n'han già reso grazie a Dio.

Ma che siam venuti a farci?.

Tu lo sai? No? Neppur io.

3.

Non siam fatti per capire

tutto in prima. Pazienza!

Dovrem pure un dí morire.

La ragion dell'esistenza

la sapremo, forse, dopo.

E che fare intanto? Attendere

alla vita e, a breve scopo,

per non stare in ozio, prendere

una cosa pur che sia,

seria o vana, importa poco:

quel che importa è che si dia

importanza al proprio gioco.

Giacché stolto è l'uom che vuole

ragionar le cose arcane,

fabbricando di parole

vane, leggi ancor piú vane.

Di sentenze n'ho sentite

d'ogni conio: dolci e amare;

ma, tra loro, tutte in lite:

un continuo mareggiare.

Sieno vere queste o quelle,

forse è meglio viver solo

per amar le donne belle... –

ma ne vien qualche figliuolo.

4.

Facciam conto una vettura

questa nostra Terra sia,

sempre in giro, alla ventura,

su cui far dobbiam la via.

Postiglione, il vecchio Tempo;

passegger' precarii, noi:

forse, in prima, è passatempo;

poi, col tempo, ti ci annoj.

Giornalmente il vetturale

vien lo scotto a dimandare:

c'è chi scende, c'è chi sale,

ma ciascun deve pagare.

E il viaggio costa assai,

e si sta scomodi bene;

si va sempre innanzi e mai

a destin non si perviene.

Io, per me, forse v'ascesi

troppo tardi, e ci sto male.

Tutti i posti erano presi:

seggo su l'imperiale.

Stelle e nuvole pe 'l cielo

di guardar solo m'è dato:

m'è nell'ossa entrato il gelo

e sternuti alzo al creato

Graziosi i venticelli

scherzan su la testa mia

e gl'inganni ed i capelli

tutti, aimè, mi portan via.

D'aspettar cosí mi resta,

paziente passeggere,

ch'abbia fine per me

questa strana gita di piacere.

III

CREDO

Tengo a vantarmi solo d'una cosa,

cioè:

d'aver per tempo appreso che si sente

pure una gioja, ancora a molti ascosa,

nel non chieder perché

di niente

né a Dio nostro signore, né alla sposa

di Dio, madre Natura, né alla gente;

e nel lasciar che i cosí detti scaltri

non prestin essi fede alla bugia

che altri

dal nostro stesso dimandar sovente

a dir costretto sia.

Se Dio mi vuol far credere ch'Egli è

dovunque

e che

veglia su tutti, e dunque

pure su me;

ch'Egli d'una giustizia è dispensiere

la qual col nostro metro

non si misura né intender ci è dato,

dovrò dargli per questo dispiacere?

gli crederò:

il mondo, bene o male, ha camminato,

almeno un po';

Egli non sa mutar l'antico andare,

povero Vecchio, ed è rimasto indietro.

Ma il mal non lo so fare,

e alle labbra, che chiacchieran da mane

a sera,

che costa, alla fin fine, una preghiera?

Io rimango credente, ei Dio rimane.

Chi d'inventar si piaccia

stranissime avventure

e trovar brami chi fede gli presti,

venga da me, venga e le narri pure:

di stupor, d'ira o di duol, com'ei vuole,

vedrà tosto atteggiarsi la mia faccia,

seguendo le parole

e i gesti.

Poco mi costerà farlo felice.

E non m'importa s'egli poi balordo

mi dice:

so d'essere la rete ed egli il tordo.

LO STAJO

T u sei come uno stajo, bontà mia,

che, a misurar le altrui nequizie, in dono

io m'abbia avuto, e donde il colmo via

tolgo con la rasiera del perdono.

Or faccio conto che granajo sia

l'esperienza: le granaglie sono

calunnie inganni invidia giunteria,

e da ogni mucchio so quanto son buono.

IL TESORO

Ricco jeri, oggi povero. E non so

com'ita se ne sia tanta ricchezza.

Non del tesor perduto è l'amarezza;

ma il non saper come perduto io l'ho.

Nessun piacer, nessuna gioja, aimè,

la cui memoria avrebbe almen potuto

consolar la miseria e il viver muto,

o dello stato mio dirmi il perché

Come dunque ridotto mi son qui?

Con la ricchezza mia potea far tanto,

e nulla ho fatto, e son povero intanto...

L'ho sperduta in ispiccioli, cosí...

Non l'opera che dia lustro a un'età,

né la gioja ch'empir possa una vita.

Dunque tanta ricchezza m'è servita

per comperarmi questa povertà.

BOLLA E PALLA

Prima pe 'l ciel dall'una all'altra stella

volava il pensier mio, fantasticando;

messo da una ragione arcigna in bando,

salpava su una nuvola,

aerea navicella.

Ed appena lassú, pe' cieli buj,

— «La Terra ov'è?» – da Venere o da Marte

si affacciava a cercarla da ogni parte,

qual bolla con un soffio

spinta in aria da lui.

Or se il pensiero un po' s'inciela, sotto

un peso enorme sente che gli vieta

di levarsi a quei voli senza mèta:

la Terra, come ferrea

palla di galeotto.

IV

VECCHIO AVVISO

Quand'ero al Reno... O amici miei Renani

dal franco, onesto viso!

Cercando tra le carte, un vecchio avviso

a stampa m'è venuto tra le mani:

NEL VIALE DEI PIOPPI OGGI ALL'APERTO

POCO DOPO LE TRE

OFFRONO AGLI AVVENTORI DEL CAFFÈ

GLI USSERI TROMBETTIERI UN GRAN CONCERTO.

Parean giganti degli antichi miti.

    Trenta. E dentro ai polmoni

tutto il vento del nord. Ai loro tuoni

vedevo i pioppi tremare atterriti,

e le foglie cader come farfalle

morte, e uccelli cadere,

spennati questi dalle trombe fiere

e a quelle fatte qual per verno gialle.

Guardavo il ciel pensando: – «Or or si squarcia!

Morranno gli avventori?»–

Ma ché! Beati. Giú birra e liquori,

e col canto seguivano la marcia.

Poi, come presi da improvvisa insania,

in piedi, coi bicchieri

levati verso i trenta trombettieri,

tre volte urlaron: – «Viva la Germania!» –

MELBTHAL

1.

Quella giubbetta a maglia

come le stava bene!

e, ornato di vermene,

quel gran cappel di paglia.

D'un subito s'accorse

che mi piaceva assai:

rise negli occhi gaj

ed il labbro si morse.

«Vengo sú al bosco a un patto,

poi disse, – e bada, tu!

che d'amore, lassú,

noi non si parli affatto.»

Else! – esclamai. Ma lesta

sui labbri ella una mano

mi pose; io, piano piano,

gliela baciai. La testa

scosse. – «Cominci male!...

Se fai cosí... Sú, andiamo.

Ricordati: io non t'amo

piú – passato il viale.»

2.

Il bosco parea fatto

per perderci ambidue.

Ma su le labbra sue

leggevo ancora il patto.

Tutti, tutti gli uccelli

m'incitavan dai rami:

«Dille, dille che l'ami!

Baciale gli occhi belli!»

E, vedendo ogni fiore

il mio cipiglio fosco:

«Perché venire al bosco,

se non fate all'amore?»

E ov'era piú raccolta

l'ombra, volgeansi gli occhi:

«Oh ben voi siete sciocchi!

Qui l'erba è molle e folta...»

E in basso ecco garrire

la Melb, il ruscel tenue:

«Oh quante coppie ingenue

qui vengonsi a scaltrire!»

3.

Ella ciarlava molto,

senza guardarmi, e certo

sentia col senso esperto

ch'io non le davo ascolto.

Dicea: – «La Melb ha foce

nel Reno, sai? Di fronte hai

di Venere il monte

e il monte della Croce.

Nessun dei due t'adeschi!

Qua il fuoco e lì la cenere:

la Croce accanto a Venere.

Filosofi, i Tedeschi!»

S'accorse o non s'accorse

che, tra i discorsi vani,

s'eran le nostre mani

cercate e avvinte? Forse.

Che cominciò man mano

a tremarle la voce.

E la Melb, dunque, ha foce

nel Reno? Oh caso strano...

«Sí sí, proprio laggiú,

dopo i molini, a manca...

Oh Dio, sono già stanca.

Di', non sei stanco tu?»

Sedemmo all'ombra. Ah, il patto

fu mantenuto appieno.

D'amor, sen contro seno,

noi non parlammo affatto.

RITORNO

I.

– Chiasso! Chiasso!

E il lungo tràino

s'arrestò, fischiando. Scesi.

E ad un tal, che a un *ciò!* per veneto

riconobbi a volo, chiesi

se tuttor fosse il pontefice

prigioniero a Roma, se

una ancor fosse la patria,

se republica o col re.

Quel signor, stordito, in dubbio

lì per lì che grandi cose

io sapessi, ond'ei notizia

non aveva, mi rispose,

costernato, con viva ansia:

«*Coss'è stà? Mi no so gnente!...*»

Tanto è vero che in Italia

(io pensai tra me, dolente)

da un istante all'altro, possono

avvenire, per lo meno,

novità di questo genere.

E salii di nuovo in treno.

2.

Che baglior d'azzurro! L'aria

ne grillava. Ansia gentile,

gaudio, incanto! Ecco l'Italia,

a cui nuovo or or l'Aprile,

sarto estroso e gajo, un abito

allestito avea di mezza

stagion, florido, mutevole

di color sotto la brezza.

Ma non era poi, di fabbrica

e di taglio, parigino

quel bell'abito? Le acacie

della siepe, in un inchino,

mentre via lungo il binario

s'involavano d'allato,

mi gridavan: – «Non curartene!

Ben tornato! ben tornato!»

Sí, ma i fili telegrafici

che salian pian piano, uguali,

poi d'un tratto s'abbassavano

come all'urto dei lor pali,

io pensavo, che notizie

dell'Italia a gli altri Stati

recheranno? Di miseria

nuovi pianti e nuovi piati?

3.

«*Bitte, schliessen Sie*» – con rauca

voce una tedesca ebrea

(che lasciava lo spettacolo

per veder che ne dicea

la sua *Guida*) – «Prego, chiudere»

m'ordinò. Donna o giraffa?

Naso a scarpa, fulvo ed ispido

crine, occhiali azzurri, a staffa.

Ah, perdio! Con *Frau Germania*

viaggiavo in treno! Ancora,

auff, lí dentro, *kraut* e nebbia!

– Vada via, cara signora,

vada via! Lei mi perseguita

fin qua giú? da me che vuole?

Io, sa lei? sono dell'isola

dei briganti: serpi e sole,

sole e serpi assai. Se in lagrime

le ho lasciata una figliuola,

mi perdoni. È vero, povera

Jenny, sola sola sola

l'ho lasciata col filosofo

Mob, il vecchio mio buon cane,

che – son certo – fedelissimo

le sarà, se n'avrà pane. –

4.

Sorda lì, nel cenno storico

della *Guida* intorno a Como,

Frau Germania pascolavasi,

la vignetta del bel Duomo

foto–incisa in una pagina

non degnando d'uno sguardo.

Pensier' gravidi il suo leggere

qua e là rendean piú tardo.

– Sí, signora. Dieci o undici

anni in guerra, ed alla fine

di Milan gli eroi ridussero

Como un mucchio di rovine.

E i Comaschi allor chiamarono

quel suo Kaiser dalla barba

rossa, il quale poi... La storia

di quel Kaiser non le garba?

Chiuda il libro, via! Non lottano

piú tra loro, oggi, le belle

città nostre. Grandi e piccole,

si decantano sorelle.

Ed io già sul volto l'alito

della lor concordia sento.

Tutte quante, ora, un centesimo

hanno d'anima, ché cento

le città sono, ed è l'anima

una sola, ed è comune,

comunissima. Lo affermano

panche, cattedre e tribune.

Alza al ciel del comun genio

nostro a gara ogni paese

le profane e sacre glorie:

templi antichi, nuove chiese.

Che peccato che Dio, dicono,

non esista... Poco importa!

Restan l'opere mirabili:

arte viva, fede morta.

Forse, ahimè, la vera patria

nostra è lí soltanto! Io dico

nelle cose morte. L'anima

nostra, forse, d'un antico

libro dorme tra le pagine

e si desta un po', sol quando

questo libro apriam per leggervi

ciò che fummo, o ricordando.

Ed allor, veda, coi clipei

de' musei, con l'aste in pugno,

elmi e brandi, e in testa le aquile

dell'antica Roma, il grugno

sappiam rompere, se càpita,

a chi barbaro è per noi

tuttavia, come se Arminio

fosse o Brenno; escon gli eroi

dalle tombe, e già l'Italia

tien di Scipio l'elmo in testa...

Non appena, poi, quest'epico

estro sbolle, e la tempesta

passa, insiem coi clipei l'anima

rimettiamo ne' musei;

ed a Roma ecco una cattedra

pronta, allora, perché Lei

qualche irsuto suo discepolo

ci spedisca, o dotta amica,

a insegnare a noi la storia

(senza i re) di Roma antica.

V

PRIMAVERA DEI TERRAZZI

La mia vicina, sul mattin d'aprile,

compresa ancora del tepor del letto,

esce al terrazzo, e al sol primaverile

spiega i tesori del ricolmo petto.

Ella ha piú grazia, la vicina, in quella

acconciatura che le cangia aspetto:

un camicino bianco e una gonnella

di panno lano oscura. La saluto

dal mio poggiolo dirimpetto, ed ella,

lieve inchinando il capo riccioluto,

mi risponde; poi viene al pilastrino,

su cui ride snasato un fauno arguto,

e dice: – «Come mai, caro vicino?

siete voi? sogno ancora? o com'è andata?

qual gallo v'ha cantato il mattutino?» –

Cosí, tra i fior, su la balaustrata,

dei vasi ben disposti e con amore

coltivati da lei lungo l'annata,

un grande anch'ella pare e vivo fiore;

anzi, lei sola, un fiore. A quel giardino,

giro giro, che calci di gran cuore

darei! parmi ogni vaso un cervellino

di moderno romantico poeta

che levi dal suo fango un inno fino

tra il cessin le pillaccole e la creta

per dir che piú non ama e piú non spera

alla stagion che tutto il mondo allieta.

Oh dei terrazzi magra primavera,

sciocca di nuove rime fioritura!

Mi duol che voi, maestra giardiniera,

ve ne prendiate cosí assidua cura.

Codesti fiori dall'olezzo ingrato

non vi sembrano sforzi di natura?

Due tartarughe, intanto, senza fiato,

s'inseguono sui pie' sbiechi, in amore,

raspando il piano d'asfalto bruciato.

Cara vicina, fatemi il favore

di rivoltarle su la scaglia al sole:

non hanno alcun riguardo, alcun pudore,

brutte rocciose sceme bestiole;

sono lí lí per fare atto villano,

mentre che noi facciam solo parole:

le vedremo armeggiar nel vuoto, invano.

L'OCCHIO PER LA MORTE

Sono stato a veder l'amico morto.

Sta benone. Men brutto (ah, brutto egli era

povero amico!): e quel pallor di cera

e la calma in cui sta da savio assorto,

gli dànno or l'aria mesta e tollerante,

che si sforzò d'avere in vita, e certo

non ebbe. Intanto, che peccato! aperto

gli è rimasto quell'occhio, che in costante

studio lo tenne: or possiam dirlo, credo:

l'occhio di vetro. Orrendo, nella faccia

spenta, quel guardo fiso, di minaccia...

Quell'occhio par che dica ora: – *«Io ci vedo!»*

ONORIO

Perché sí bello han fatto il campanile

cinquecent'anni fa?

Perché, venendo alla nostra città,

gl'Inglesi ne ammirassero lo stile.

E d'opra fina è tutto ornato il bronzo

delle sette campane,

onde, fino alle case piú lontane,

quando han sonato, si propaga il ronzo.

Le suona uno scaccino gobbo, guercio,

saltabellante: Onorio,

che con l'anime pie del purgatorio

è – le beghine dicono – in commercio.

Piangono gli occhi e dal cuore contrito

si leva la preghiera

quando le suona Onorio innanzi sera,

sfruconandosi il naso con un dito,

Ah, Onorio, tu non sai che voglia dire

il suon d'una campana!

Della città tumultua qua la vana

vita, fermenta l'odio e scoppian ire,

scoppian rampogne e risa e pianti; sú

mesta la fede Iddio

chiama in ajuto, invoca requie e oblio!

E pensar che la fune in man l'hai tu...

DAL FANALE

O curioso amico, e perché mai

vuoi tu saper che cosa a farmi io stia

quasi ogni giorno, sul tramonto, qui,

appoggiato al fanale della via?

Se attendo? No. Mi godo il via vai

della città, mentre che muore il dí,

un altro dí...

E osservo come va la varia gente

che mi passa davanti in vario senso;

poco le donne, gli uomini di piú.

Pensa poco la donna a quel che sente;

non fa per me che sento ciò che penso.

Meglio le donne, opini, amico, tu?

Guardale tu.

Quel vecchio, vedi? ancor de la vetrina

d'un negozio s'industria a farsi specchio,

e non per gli altri, ma solo per sé,

che pure sa d'esser canuto e vecchio,

nero-rossi, qual pelo di faina,

si ritinge i capelli – radi, ahimè,

pochini, ahimè!

Ridi? Ma tu, tu come quel vecchietto,

io che pur come carta il tempo gramo

tagliuzzo e butto via, se ancora no

ai capelli, che bianchi non abbiamo,

forse al canuto, imbecillito affetto

della vita non diam la tinta un po',

almeno un po'?

Guarda quei due che vanno insieme, astratto

l'uno, l'altro pensoso. Or tu che credi?

Osserva ben attento questo qui:

credi ch'ei pensi? Eh, no. Si guarda i piedi.

Rabagas prima urlava come un matto,

ora fa il serafino e va cosí,

serio cosí...

Lunga l'altro ha la chioma, ed è peccato

gli manchi, appesa al collo, la chitarra.

Cantava un tempo; ora non canta piú.

Ma figliaron le nubi. A buona sbarra

ha le vacche del cielo assicurato:

le nuvole che un tempo egli lassú

seguia, lassú...

Or vedi quello? Un principe romano.

Tu sai chi è, quanto sia ricco, è vero?

Precisamente neppur lui lo sa.

Pur pensa al papa e al re; che come un nero

nembo s'addensa l'avvenire umano:

pensa come ordinar la libertà:

qual libertà?

Van per le vie come tante persone

queste parole. Ma colui le mena

a spasso, quasi fossero però

cani, col laccio. Amico mio, che scena

se quel laccio, di furto, un mascalzone

tagliasse! Gli darei quel che non ho,

quel che non ho...

VI

STORMO

Pace dei campi, requie della morte.

Qua presso, in cima al poggio, è il cimitero.

Olivi in giro; e veglia su le porte

un drappel di cipressi ispido, nero.

O morti, il bujo della vostra sorte,

mi fa sembrar comprese del pensiero

mio stesso queste frondi aspre, contorte,

e l'aria intorno, piena di mistero.

Mi volgo a ogni romor lieve che fanno

gl'insetti e i fili d'erba a quando a quando,

avviluppati in quest'arcana noja.

Ma ecco, a un tratto, squilla come un bando:

sono gridi d'uccelli ebbri di gioja,

che né di voi, né della morte sanno.

PIAN DELLA BRITTA

Pian de la Britta, che fragor di mare

fan questi tuoi castagni alti e possenti!

Ma l'ombra, sotto, qua e là di rare

luci trafitta, ire non sa di venti,

e tra tanto fragor sospesa pare:

recesso eccelso, a cui la maestà

di questi tronchi immani una solenne,

misteriosa aria di tempio dà;

e quel fragore ad un oblio perenne

di tutto invita: ombra e vento che va...

Pian de la Britta, oblio di tutto... Eppure,

forse per altro l'alte vette adesso

dei tuoi castagni fremono alle pure

aure del monte. Sentono da presso

la sega strider, picchiare la scure.

Ed io su un tronco gigantesco siedo

già da i piccoli uomini atterrato.

Uno mi dice: – *«Ce fo gliu curedo*

a la mi' granne.» – Ed io: – Te l'han comprato

per doghe? – Ed egli: – *«Che! Nun vedi?»* – Vedo

qua certi segni... Non me n'ero accorto!

Che bella fila di casse da morto...

A UN OLIVO

Quante cose saprai, tu che non cedi

da trecento e piú anni, o fosco olivo,

dei venti all'urto, e qui ferrigno in piedi

ti stai su questo solitario clivo...

Ma forse è ver che il vento fuggitivo

nuove ti reca, o che tu gliene chiedi?

Nulla sai, nulla pensi, nulla vedi;

e sei solo per questo ancora vivo.

Che se nel tronco tuo scabro e stravolto

queste piaghe del tempo fosser occhi

e tu fossi nei rami cervelluto,

ripensando che vivere è da sciocchi

e che a morire si profitta molto,

non saresti trecento anni vissuto.

VII

SEMPRE BESTIA

Senza far nulla, un leone è leone:

e un pover'uom dev'affrontar la morte

per avere l'onor del paragone

con quella bestia, senza stento, forte.

D'alti pensieri l'anima infelice

nutrite, si che s'alzi a eccelse mète.

Un gran premio v'aspetta. Vi si dice

che veramente un'aquila voi siete.

Sciogliete in soavissima armonia

il vostro chiuso intenso ardente duolo,

fatene una sublime poesia,

e vi diran che siete un rosignuolo.

Ma dunque per non essere una bestia

che dovrebbe far l'uomo? non far niente?

non pigliarsi ne affanno ne molestia?

E ciuco allora gli dirà la gente.

CHIÚ

Che hai fatto? Dimmi, forse perché

sei nato gufo, piangi cosí?

credi forse che peggio di te

non ci sian bestie, gufo? Ma sí,

ce n'è, ce n'è!

Io ne conosco,

non lì nel bosco – tante ce n'è!

MERIGGIO

Segano l'afa le cicale. Acuto,

sottile e lamentoso, ad ora ad ora,

requie uno strido di pispola implora

qua, dalla macchia cedua, ov'io seduto

mi sto su un ceppo, e l'ombra mi ristora.

Calan ne l'ombra a un fil de la seguace

lor bava appesi, giú da cima, i ragni.

O pispola mia dolce, che ti lagni

de lo stridor de le cicale, pace

non han neppur gl'insetti, tra i castagni.

Ci sono i ragni! E ci son le formiche

anche per me... Ce n'ho già tante addosso!

Sú, entratemi pe 'l naso, fino all'osso,

care, e il cervel ridotto in tante miche

portatevi, formiche, al vostro fosso.

Se Dio v'aiuta, finita l'estate,

sentirete che gusto! Entrate, entrate...

ULTIMO VATE

– *Zrì!* –

– Buona sera, pipistrello!

Il cielo ispezioni e la campagna? Sí,

il sole è andato giú: guardalo, a pelo

dell'acqua ancora... non si vede piú:

se l'è sorbito il mare

come un gran torlo d'uovo.

Diamo ai fratelli antipodi il buon dí.

O pipistrello, e tu

va' a chiamare i compagni: or puoi volare.

Giú ne la valle – qui,

lì – gli ultimi richiami:

(m'ami? non m'ami?)

gli uccelli s'addormentano su i rami.

– *Zrì!*

– Buona sera, pipistrel, di nuovo.

VIII

GUARDANDO IL MARE

E sei vivo anche tu, come son io:

tu per molto, io per poco, e ne son lieto.

Ma ti vedo e ti penso, io: tu non vedi

e non pensi, beato! Fino ai piedi

vieni con un sommesso fragorío

a stendermi le spume, mansueto.

Come un mercante di merletti... Bravo!

Uno ne stendi, e tosto lo ritrai,

ed ecco un altro, e un altro ancora... Scempio

fai cosí della tua grandezza, ignavo?

Tenta, prova altri scherzi... non ne sai?

Ma ingoiati la terra, per esempio!

NUVOLE

Mi par che dentro al cranio smisurato

del mondo addormentato,

siccome dentro al mio tanti pensieri,

nuvole bianche e nuvoloni neri

errin col triste tedio di chi sa

che il proprio fin giammai non giungerà.

Nuvole, e quanti, in rea lotta coi fati,

    pe 'l mondo son passati,

eroi, tiranni, fisso in mente il chiodo

di dargli pace o assetto in qualche modo.

Daccapo, sempre. E s'immolò Gesú.

L'umanità per lui forse è risorta?

Triste prima, triste ora, ahi forse piú...

Ma poi, del resto, nuvole, che importa?

Speriamo... E come voi, nubi, le umane

    speranze appajon vane

prima talor che giungano ad effetto.

Ansio, di giorno in giorno io le rimetto;

talvolta il cuor le scuote e avventa: mai

del tempo e del mister s'apre la porta.

L'uom se ne rode, se n'affligge assai...

Ma poi, del resto, nuvole, che importa?

Passano gli anni.. Il tempo par che dorma,

    e volge, e ne trasforma,

siccome il moto o l'aura voi; ma intanto

son sempre quelle del riso e del pianto

le cagioni; la fune, sempre quella:

in nuovi intrecci, in nuovi nodi attorta.

Smania l'uomo a strigarla, s'arrovella...

Ma poi, del resto, nuvole, che importa?

IX

CONVEGNO

I

Per le città, nostre o d'oltralpe, in ogni

luogo, ov'ho fatto alcun tempo dimora,

io vedo un altro me, com'ero allora,

il qual lieto s'aggira entro a quei sogni,

che suoi soltanto e non pur miei son ora.

Né verun d'essi sa, che piú ne sia

di me. Qua vive o là, chiuso ciascuno

nel proprio tempo. Oltre non vede. E uno

si ferma, or ecco, a sera, in una via

di Como, e guarda in sú, se un viso bruno...

Ahi, quella bruna – egli no 'l sa – maestra

ora è di vizii e di sé locandiera...

Ma come può saperlo, se ogni sera

davvero ancor s'affaccia alla finestra

ella, e d'amor gli parla ed è sincera?

L'altro, eccolo in Germania, a Bonn sul Reno,

sotto un cappello di castoro, enorme:

magro egro smunto: non mangia, non dorme;

studia sul serio (o cosí crede almeno)

del linguaggio le origini e le forme.

Studia, ma... è notte: brontola il camino;

fuori, la neve lenta eterna fiocca:

pian l'uscio s'apre e, un dito su la bocca,

entra scalza Jenny... Libro latino,

di ravvivare il fuoco ora ti tocca!

Oh, chi a Palermo incontrasse per caso

quell'altro me, che della vita mia

la stagione piú bella tuttavia

colà si gode, sgombro e ancor non raso

il mento, alato il cor di poesia,

deh, l'induca a venire a me per poco:

or son qui solo; e, nella fredda, oscura

notte, la solitudine paura

quasi mi fa. Seduto accanto al foco,

nella prigion di queste quattro mura,

io gli altri me chiamo a convegno. Solo,

fors'egli solo non verrà, che troppo

son io diverso ora da lui: vo zoppo

pe 'l cammin che intraprese egli di volo,

e la trama ch' ei finse or io rattoppo.

II

Silenzio. Gli altri, con le amiche a braccio,

entrano. Come io resterei, se vecchio

mi vedessi d'un tratto in uno specchio,

essi, così, dinanzi a me. L'impaccio

vincon prima le donne, e in un orecchio

vien la bruna di Como a dirmi in fretta:

«Tu sai che cosa io sono, ora; ma a lui

non dirne nulla: ei mi vede qual fui!»

Ti basta un sol mio sguardo, o poveretta,

e in un brivido tutta ti rabbuj.

Egli ha guardato me; qual sei ti vede.

Non nasconderti il viso, ché di te

non ha ragione di lagnarsi: in me

vani egli or vede l'amor tuo, la fede

che gli giuravi, e vana ombra pur sé.

E tu, Jenny? Ti sei nascosta dietro

la tenda? Piangi? Il magro tuo dottore

mi guarda, come oppresso di stupore.

Da quella neve, da quell'aer tetro

venía la sua magrezza, il suo squallore.

Eh, tu, dottor, lassú donde t'ho tratto,

ree promesse ripeti alla gentile

compagna. E vedi? Or ella piange. Vile

forse son io? Non tu, piuttosto, matto?

Le ho mandato da Roma un bel monile...

Mi chiedi conto de' tuoi studii? E voi

dei vostri sogni mi chiedete conto?

Vedete, io non mi lagno, non m'adonto

dei lievi o gravi error vostri, che poi

m'han cagionato i danni ch'ora sconto.

Io vedo in voi ciò che ho man man perduto.

Delle perdite sue non s'era intanto

accorto alcun di voi, poi ch'ancor tanto

restava a me da perdere. Or che muto

e vuoto son rimasto, odio il rimpianto.

I capelli? Debbo anche dei capelli

rispondervi? Oh che bei ciuffi avevate

voi tutti: biondi, come il sol d'estate...

Con gli anni, via, via coi sogni anche quelli!

O lasciatemi in pace, andate, andate.

X

LEGGENDO LA STORIA

Sú, allegra, allegra, cara mia! Mi pare

che tu la prenda un po' troppo sul serio.

Delitti, infamie, sí, senza criterio,

impudicizie da strasecolare;

ma gajo papa era Alessandro Borgia,

tranquillo e ingenuo nelle sue nequizie;

tranne quel della donna, senza vizi, e

sobrio, anzi frugale in mezzo all'orgia.

Ebbe per l'oro, è vero, anima lurca,

ma lo spendeva poi, tutto, tal quale.

Né per un papa infin la vedo male

che andasse a caccia vestito alla turca.

Di piú d'un figlio con Vannozza reo,

diede a Vannozza sua piú d'un marito;

ma l'ultimo, il Canal, bravo erudito:

il Polizian gli dedicò l'*Orfeo,*

Quanti vitelli con moderna clava

accoppa l'uomo e se li mangia? Orbene,

papa Alessandro, accoppator dabbene,

i suoi nemici, non se li mangiava.

Dunque, non mi seccar! Parole amare,

serio comento a questa fantocciata

della vita? Va' là. Carta sprecata.

Ridi meglio, narrando, e lascia fare.

LA CACCIA DI DOMIZIANO

– «T'abbia in grazia Minerva, Imperatore.

La caccia come va?» – Goccia il sudore

pe 'l divin fronte. Con l'estivo ardore

le mosche ricominciano abondare.

Calvo, le gambe povere, ed acceso

in volto, il divo Imperatore, inteso

alla caccia, piú mosche all'ago ha preso,

e pago esclama: – «Questo è un bel cacciare!

Scocca, stiletto, e infilza quel moscone

discepolo di Paride istrione;

questo che ronza, Acilio Glabrione,

e quello è Orfito: vieta lor l'andare.

O perché vai sí alto, Ceriale,

bel moscone proconsole? Lo strale

mio va piú ratto che non le tue ale,

e ti coglie nel ventre consolare.

Pe 'l natal celebrato, o Coccejano,

devoto calabron, questo sovrano

pegno ti porge Ottone per mia mano:

meglio era il funeral tuo celebrare.

Tu con le lance, Sallustio Lucullo,

con queste frecce invece io mi trastullo;

giudica tu, se or io ti colgo a frullo,

a quali s'abbia il maggior vanto a dare.

O mosche nere che svolate in festa,

questo sole divin che mi molesta,

ebre di luce, vi farà la testa

sul mio marmo fengite esercitare». –

Dice, e su i lunghi labri un tristo riso

torcesi in una smorfia. – «S'io m'avviso,

per uno ch'io mi sia, molti avrò ucciso,

pria ch'abbia effetto il vostro congiurare.» –

E nell'occhio di bue, freddo e severo,

vaga torvo fra tanto un gran pensiero:

nello stile infilzar tutto l'impero,

il moscon matto che un'aquila pare.

O calvo imperator Domiziano,

nepote vostro anch'io, sebben lontano,

infilzo nell'aguzzo stil che ho in mano

ogni insetto che vienmi a molestare.

Ma nell'accidia, nel tedio mortale

di far bene e finanche di far male,

la mia vita vorrei, mosca senz'ale,

anch'essa nello stil freddo infilzare.

TORMENTI

Quando in croce Gesú l'anima rese,

tutta, per un momento,

su la terra la vita si sospese,

sospese anche l'inferno ogni tormento.

Sisifo che per l'erta maledetta

avea sospinto il masso

fin su l'aspra del colle aguzza vetta,

donde tuttor riprecipita al basso,

fermo, lassú, starsi d'un tratto il vede:

stupefatto, in un oh!

fermo, di sasso, anch'egli resta, e fede

al prodigio prestar non sa, non può.

Si guarda attorno, una e due volte scuote

il macigno che sta;

vi siede e, con le pugna su le gote,

poi domanda a se stesso: – «E or che si fa?» –

Ma sotto, ecco, gli ruzzola il fatale

sasso di nuovo; ratto

balza egli in pie', lo segue, e: – «Manco male! –

dice. – Almeno cosí, via, m'arrabatto». –

E, mentre sú per l'erta novamente

contro il masso si slancia,

tra le doglie piú là, Tantalo sente

gridare urlare: – «Ahi Dio! Ahi Dio! la pancia!» –

Aggirandosi come una bufera,

satollo, il poveretto,

in quella tregua momentanea s'era

di tutto quanto il suo crudel banchetto.

Ed or gemeva: – «Non lo farò piú!

Beato chi desia

e nulla ottiene mai! Grazia, Gesú!

Sia benedetta la condanna mia!» –

COMIATO

O vecchia Terra, è vero, e me ne pento;

riconosco che il torto è tutto mio.

Se da tant'anni il cor piú non mi sento

se non come un fastidio, anzi un rodío

continuo in petto, e piú non amo, e sono

quasi un tizzone spento, in abbandono,

come puoi tu sembrarmi bella? – « Pensa,

(potresti dirmi) quando, innamorato

d'una donnetta pallida melensa,

che ti pareva un angelo calato

dal ciel, dicevi ch'ero tutta un gajo

riso... Eppure, ricordi? era gennajo...»

Si, si, ricordo. Tu, povera Terra,

eri, qual veramente sei, di mali

piena, dilaniata dalla guerra

perpetua de' tuoi tristi animali,

e vecchia e stanca di volgere in tondo

nella stupida macchina del mondo.

Eppure bella – è vero – mi sembravi,

e gli uomini, per quanto esperti e istrutti

d'ogni saggia perfidia, onesti e bravi

pareanmi – è vero – che prodigio! tutti.

Sí, sí, ricordo, vecchia Terra: vieta,

se puoi, vieta che canti ogni poeta,

se prima innamorato non si sia,

tal che gli orrori tuoi non veda, sotto

la ridente d'amor dolce malia.

Io che mi sono senza cuor ridotto.

d'ora innanzi, ti giuro, starò muto;

questo, ti giuro, è l'ultimo saluto.